诗情画意南歌子

周建荣/ 著

吉林出版集团股份有限公司

图书在版编目(CIP)数据

诗情画意南歌子 / 周建荣著. -- 长春 : 吉林出版集团股份有限公司, 2019.5

ISBN 978-7-5581-6748-5

Ⅰ. ①诗… Ⅱ. ①周… Ⅲ. ①诗词-作品集-中国-当代 Ⅳ. ①I227

中国版本图书馆 CIP 数据核字(2019)第094638号

诗情画意南歌子

SHIQINGHUAYI NANGEZI

出 版 者 吴文阁

作　　者 周建荣

责任编辑 陈佩雄　孙　璐

装帧设计 张玉兰

开　　本 880mm×1230mm　1/32

印　　张 4.5

字　　数 80 千字

版　　次 2020年1月第1版

印　　次 2020年1月第1次印刷

出　　版 吉林出版集团股份有限公司

发　　行 吉林音像出版社有限责任公司

地　　址 吉林省长春市净月区福祉大路5788号出版大厦A座13层

印　　刷 朗翔印刷(天津)有限公司

ISBN 978-7-5581-6748-5　定价:39.80元

目　　录

《我爱的人是风的女儿》　/　1
《真　　挚》　/　3
《记忆成夜》　/　4
《海子——我梦里的你》　/　5
《书　生　梦》　/　6
《二月十三的江南》　/　7
《觉,听,看》　/　8
《海　　空》　/　9
《命运和死亡的思考》　/　10
《春　　思》　/　12
《逃到江南》　/　13
《最美的你》　/　14
《黑夜,我还没有沉睡》　/　15

《现实和命运》 / 16
《梦想没有眼泪》 / 17
《星　　月》 / 18
《江 南 在 梦》 / 19
《带 我 离 去》 / 20
《夏　　夕》 / 21
《江南温柔乡》 / 23
《修　　福》 / 24
《六月，毕业》 / 25
《夏 夜 思》 / 27
《车　　行》 / 29
《我死前和我死后》 / 30
《思念你的，也是我的》 / 32
《全　　部》 / 34
《知　　言》 / 36
《中 秋 行》 / 37
《邻　　居》 / 39
《方国最是记忆难圆》 / 40
《日记小诗赠之》 / 42
《那年我高中》 / 43
《我不愿如此终生》 / 45
《灵　　梦》 / 47
《死　　亡》 / 48
《刚　　好》 / 49
《夜 思 诗》 / 51
《你 和 我》 / 52

《我和我的姑娘》 / 53
《噫 亭 兮》 / 54
《见你致死》 / 55
《房 子》 / 56
《听,你的海》 / 58
《狼狈应亡》 / 60
《迹 痕》 / 61
《明月如故》 / 62
《你是我的女孩》 / 64
《雾 笼 城》 / 66
《初雪无痕》 / 67
《以一生为期,与你相伴》 / 68
《惋 思》 / 70
《晚 词》 / 72
《是 怪 我》 / 73
《我的家乡落满尘土》 / 74
《葬 我》 / 75
《小 街》 / 76
《你 还 好》 / 77
《欠 你》 / 78
《路过无痕》 / 80
《思 君 赋》 / 82
《简 忆》 / 83
《贺词谨祝心》 / 85
《住在我的云彩里》 / 86
《听不到晚安》 / 87

《我　与　你》　/　89
《喜欢那个你》　/　90
《爱你的四季》　/　91
《华夏茶书院》　/　94
《沉默的上帝》　/　97
《骆驼铃队》　/　99
《丢掉了的钥匙》　/　101
《灵　　魂》　/　103
《一生有你》　/　104
《散　　落》　/　105
《戴着柳编帽子的姑娘》　/　106
《马　鞍　图》　/　108
《年　　日》　/　109
《秦　淮　河》　/　110
《雨　　曲》　/　111
《缠　　绵》　/　113
《不　如　你》　/　114
《为你流下泪》　/　115
《昆明,等你的春城》　/　117
《声　　音》　/　119
《亏欠的盛开》　/　120
《远在故乡的麦子》　/　122
《土地的儿子》　/　123
《夏日与姑娘》　/　125
《夏》　/　126

《寻　　找》　／　127
《一起死去吧》　／　128
《少年的书桌》　／　129
《故事温柔》　／　130
《天　　空》　／　131
《七月,我的故事》　／　132

我爱的人是风的女儿

轻轻的手一挥
素颜妆晕染大地
撩一撩头发
掺着麦子的香味

可我不是雨
不是夏季傍晚里的闪电
我也不是雪
不是冬天深夜里的寒冷

四季交换着变
我却不属于任何季节
忽冷忽热 又忽明忽暗
没有预告 也没有暗示

江河波浪为她翻滚
树枝花朵为她招摇
只我 躲在角落里
怕与她深邃的目光交接

世间有那么多的爱 相互依偎
也,许多成了奢侈
我找不到任何理由和方式
去靠近她

我只有远远地看着
她到来 又离去
有她走后的温柔
或是狼藉 但都是痕迹

我爱的人是风的女儿
我却是黑夜里的一团火

真　挚

城市 喧嚣 乡村 萧瑟
哪一种可以给你幸福
便是哪种

想我送你的祝福
是城市最繁华的街道
车水马龙 川流不息 也经久不衰
是乡村最寂静的树林
安然祥和 朴实宝贵 也自然珍重

高楼大厦 镶嵌的门窗
爱他的砖瓦
是层层的祝福积累而起
灿烂星空 闪烁的繁星
皎洁的明月
是点点的祝福拼接而成

记忆成夜

熬夜 因为害怕被黑夜吞噬
因为想要看着黎明到来
阳光倾洒我的床头和窗边
温暖清新

梨花雨 落了满地的花瓣
我像幼小的孩子一样
摇着梨树 毁坏门口的野草

那是记忆 同样是梦境
他们老了 白发是午后的雪
皱纹是树枝的褶
却用生命成就了我
愿春日给我一点温暖
月光给我一点温柔
还有我的爱心
一起洒在他们酣睡的梦乡
告诉他们 我爱他们

海子——我梦里的你

今天是海子卧轨自杀纪念日
二十七年风雨变幻
被铭记的人 在书在卷
在诗词和史书 在人们的交谈之中

英年早逝 是世人不懂才让你对生活绝望吗
你有诗和远方 还有酒
很多年以后你的诗词流芳千古
你的过往成了史书中最灿烂的语言

面朝大海春暖花开
你说做一个幸福的人
五月的麦地
你向往农村自然的恬淡生活
日记本里名字
想念没有痕迹 同样也没有尘封

书 生 梦

百无一用是书生
除了写写画画 看看说说
仿佛看不到读书人做了什么
可他们 却成了统治阶级

劳心者治人 劳力者治于人

换一个角度
将军会嘲笑书生的无病呻吟
看不起他们舞文弄墨
读不懂诗词里的旋律韵味
不如战场上厮杀呐喊 战马长鸣
擂鼓轰隆
不如月下饮酒吃肉 围唱篝火
欢歌载舞

有快乐就说 有悲伤就说
何必文绉绉地换成了文字
厚厚的一册 流转了千年
战争 忠孝 爱情
大抵都是如此的吧

二月十三的江南

我看见 注意过二月十三的月亮
风吹着 虽说是早春 柳树抽了芽
虽说 油菜花开了
白玉兰 樱花都开了
但是 风吹着 还是冷的
难道还残留着冬的严寒吗
可我明明脱去了厚厚的棉衣

没关系 我相信江南的城市
春的痕迹很明显
温度也会很快回升
暖意会慢慢袭来

我记得今晚的月 明亮
一小片云 藏着几颗星
校园里的灯 微暗
照射的人影 迷乱
还好 虽然觉得有些凉
还好 虽然觉得只是有些凉

觉，听，看

觉得一夜风 太遥远
远到你在我身边 抓不住
听说一墨纸 太贵重
贵重到付出此生世 换不到
看你一目情 太难忘
难忘到满世界 挥不去

海　空

海底 幽蓝的海水
像 蔚蓝的天空
海水倒映着天空的模样
于是 海是天的孩子

鱼 欢愉地游
鸟 轻盈地飞
鱼看见 鸟是天空的卫士
鸟看见 鱼是海底的勇士
相互敬畏 互不侵犯

一滴水 换我一片白云
送你 想做什么就什么
伤心时的安慰
高兴时的倾听
都好 你爱怎样就怎样
喜欢就好

命运和死亡的思考

你仔细听过风的声音吗
仔细看过雨的痕迹吗

只觉得那时我是脆弱的
死亡和我擦肩而过
尽管我从来没有想到过
尽管我也曾同情过别人

那一晚的疼痛
我在五楼的窗口
外面的夜凄清冰冷
正是初冬的时候
我在想从这跳下去
疼痛和生命同时结束
忍受 煎熬 要不然此刻决绝

我不想自己曾如此坚强
现在的 那一切仿佛是梦一样

如果时光回到四年前
或者五年前

我和死亡之神挨得那么近
从来没想到死亡那么容易

直到今日 我还是习惯的恐惧
在某些时候
还是像那时一样
而那时的我只有十三四岁
却见过青年二三十岁
见过暮年六七十岁
都和死亡进行谈判

春　　思

春天来了知道吗
校园的花开着
如果没有人欣赏她就开得没有价值吗
她开花不是为了人类的观赏
只是因为要结果要繁衍罢了
我叫不上花的名字 叫不上树的名字
听不到风里的呼唤
只能嗅到凉意里弥漫的清香

你说我读不懂你
我消失在迷乱的世界

想了很久 伤心没有用
孤独 酒 音乐和文字
绝大部分时间我们的发泄是通过第三种方式
轻愉欢快 最终残留的木讷
很久以后我们都困在婚姻的迷宫
依旧回忆着爱情的大道

逃到江南

我喜欢雪却不喜欢冷
所以我逃到江南
却在江南怀念塞北的雪
我喜欢雪景 喜欢牵你的手
一起看雪 堆雪人
在你手心里呵气
在雪地里写着我爱你
只是我逃到了江南
不想让寒冷侵蚀我最后的内心
本应勇敢地面对
有着勇气 如果不是多了挣扎
如果我的灵魂还有依靠
又怎么逃到江南 等待烟雨

最美的你

我要 45° 仰望你
在我水平与垂直的角平分线
保持最美丽的距离
不偏不倚

我要你一直在我视野的范围内
可以任意时刻看到你
我不会嫌弃
我不会转移注意力

黑夜——我还没有沉睡

趁着我像醉后一样 写着你觉得很好的
在黑夜的角落里 被束缚 寒冷无力
像寻水的鱼 找不到水 只有死亡

如果我 躺在草坪 是春天 或是夏天
繁星满天 或是 皎洁的月光 倾洒
我要听蝉声满天 为我唱歌 我静静地躺着
应该有微风 划过我的指尖 如流水般温柔
那也会有落叶 洋洋洒洒 悠悠然然

错过了朝阳 我还有夕阳染红林
如果我错过了夕阳 我还有月光
透过我的窗台 告诉它我没有睡
一直等待它的到来

现实和命运

有些人的命运就葬在那一小片地方
一生走不出来却又充满渴望
有些人的命运生来便同未来接壤
过得潇洒自如却不知梦想
这就是不一样的人

如果不安居于这里 那就请知道要什么
明白下一次奔跑在什么时候
风雨冰雪寒月冷花 都只是一刹那
知道自己可以拥有什么
就一路走下去不要回头

梦想没有眼泪

流着泪奔跑 在所有相遇变得并不清晰
迎着风流泪 在世界的角落没有人知道

我渴望得到的 我想索取的 我向往的
为什么这样脆弱不堪 犹如黑暗里的宁静
如果再一次坚持 换取的结果又会如何

听海哭的声音 忘记你的微笑
深夜里没有睡眠 望窗外的星
尘封的世界 将爱也一同埋葬
所有的不安与依靠 变得不知所措
不知何处安放

又是等待的笙箫 船头的灯光暗暗的微弱
哪一片落叶不是上帝热爱的
哪一个自己不是最美的

星　月

当月亮出来的时候,散了不少星星
其实那每一颗星星都不会比月亮小
它们甚至比太阳更大,发的光更强
只是,它们离你太远了
才让你感觉到它们微弱
但总有一处它们会是那里的太阳
会成为那里的唯一 无可代替
每个人都可以找到正确的地方
找到了你才真正实现自身的价值
让你的光成为一个星系的唯一
那里 失去你所有的生命都会离去

江南在梦

繁星碎晕光,点亮谁家孤心房
浅月醉寒霜,灭了无奈是凉窗

这里的夜,很黑很黑
可星星却那么多
像读过的书页中密密的文字
这里的心,很醉很醉
可现实却那么清
像看过的诗句中模糊的感情

他们,笑谈人生
我的未来
被他们描绘
我如何选择我的道路
才可以安慰自己

带我离去

雨下的好大 好大好大
淋湿的季节
寻不到生命的过往
将剪断忧伤
像断线的残珠
是上帝剪碎的哀怨

从地狱到天堂
我恰路过人间
你的优美被我一览无余
我决定带你离开
就像我带自己离去

夏　夕

夕阳落下的最后余晖
池塘里的风波莲花来了正丰盛
夏季的天空
被月光清洗的记忆
每一颗星
镌刻你永恒的怀念

我路过人间
看见你的笑容点亮了黑夜的灯
我路过天堂
听到你的笑容萦绕着光明的街
如果说人世
只是生命中的一小部分
你路过我的生命
却占了一大部分

夏季里
我们向过去告别
告别年少的我们
一起 一起走向美好的未来
曾经沉醉的景色

可还是依旧 可还是有你有我
有我们不可遗忘的共同美好

江南温柔乡

我窝在午后有阳光的窗边
任回忆洒满内心的江南
读一首苍老的诗歌
还有漫长的画卷
在回忆的瞬间
余留着年少的懵懂和遗憾

修　福

其实,你也不知道幸福的背后是什么
一般来说,幸福的背后是伤痛
就像同者相斥异者相吸
所有的快乐都是前世修来的福
所有的伤痛修来世的福

六月，毕业

六月
行李收拾带走
和带来的时候一样
新奇 激动 振奋人心

丢掉的书籍
混乱的衣服和用品
门口堆满垃圾
宿管阿姨一遍一遍地清理

毕业典礼上的发言
私下的告别再见
当我们拖着包裹离开校园
熟悉的一切
忍不住再多看几眼

慌乱和破旧
早就预测到的结局
那晚的聚餐
喝了多少酒说了多少话
有没有哪一句话让你心酸

想要流泪和哭泣

我的手 和肩
挑起的重任和职责
已经不仅仅是牵你的手和拥抱
承受的已经沉甸甸

夏 夜 思

斟酌了一杯酒
烛火旁的蝇虫来回飞
安静的夜却制止不住夏蝉的歌声
以前幼小时在村外的那棵树下
种下了自己心底里的秘密
要娶邻村的姑娘
青梅竹马两小无猜
后来分隔天涯
相见时各自为家

远处的村口狗吠声
孤独的夜耐不住那点滴的争吵
嘈杂喧嚣和聒噪
我一直以为这里是安静的

透着黑夜的空气
我仿佛闻到了栀子的味道
六月的花是不是今晚为我盛开
一次,就一次也好

院子里的梨结满了枝头

哪一份相思能这般沉重
压弯了枝头吊坠着
像戴在脖子上的貔貅
哪一份承诺经过了月圆的考验
当年我们爱的人
少了我们过得依旧很好吧
就像他们离开我们以后
我们依旧活着

车 行

平行时空你和我
不相交 不相离

我滑过整个世界
安静平稳
以至于我忘记你的颜色

远处的稻子枯焦
它不需要水
只是一粒药
可以拯救它的天荒地老

爱你的心
黄土的颜色

高压电输送着
还时不时碰迸出火花
你的心我的心
有多少种拼装的方式

我死前和我死后

门前的那棵桂花树
妈妈可在中秋时再做桂花酒
外婆家的那一座小桥
流水淙淙

村外的红柿子
已经慢慢成熟
却没有人再拿着竹竿去敲
最后都熟透了掉落下来

田野的稻子都熟了
还有玉米和芝麻
麻雀叽喳地雕琢着
自然的果实还于自然

等我死了
记得把我埋在园里那棵树旁
那里有我用刀写下的誓言
只是那棵树在一场火中毁灭
而我的故事也一并变成灰烬

只是,我一直不相信
枯木逢春难道不该开花吗
它们没有对生命和未来的祈求吗
我有所以我在天方夜谭

我死了
你记得把我的骨灰洒在大海
我第一次相遇着并爱上她
你记得在我的坟头种些花草
我不想我死后的地方依旧荒凉破败
薰衣草是最好的 我喜欢那种紫
你记得把我的故事说给外婆听
我最怀念她家的那座桥还有流水

思念你的，也是我的

凌晨两点半
一首伤感的歌
一张陌生的照片
那笑容和回眸
却让我瞬间想起你

很多年
你在我的旁边
很多时间
相离得太远
我用三年的生命靠近你
却要承受更久的煎熬
这么深的夜你可入眠

希望我的眼泪不会那样廉价不值钱
想念也通常如此
在一觉醒后不再死灰复燃

许多故事没有结尾
我也没有机会去描写勾勒
你不是我小说里的女主人公

我却心甘情愿
所有的文笔色彩
全都是为你

全　　部

如今我变得哑言
所有的诗句都化为尘埃
而我躲在世界的角落

我失去赞美你的权利
丢失沿途风景记录的方式
我为自己所有的错买单

人追求得多了就变得混乱
油盐酱醋茶
辣椒 虾仁和麻酱
所有掺杂的不知什么味道

我想起最年少的时光
我不曾拥有全世界
但却拥抱完整的自己

如今霓虹灯闪耀我的双眼
校园的路支错迷惑我的选择
林林总总的迷宫解锁不了

沉醉不算得一件骄傲的事
但却让我知道迷乱的快感
加上音乐
舞动 彻夜不眠也无妨

过往是陈年老酒
尝一口回味无穷
喝多了不省人事

很久的后来
我和我的破碗
流浪在街头的每个路口
乞讨着生命的必需品

弯腰匍匐
我低下高傲的头颅
向命运屈服

衣衫褴褛 头发蓬乱
坐在繁华的街口的那个超市门口
就像很多年以前
我看的那个人一样

衣衫不整
裸露着身体的某些部位
午后的阳光炎热
我穿着 他穿着冬季的破棉袄

知　　言

我需要伤感滋润自己
我是一棵树苗
痛苦和沉默是雨露
在最悲伤的时候
我长得最为繁盛

我是一口井
所有孤独所散发的悲哀
涌现出最冰凉的泉水
给我一片云彩
在天空中蔑视尘埃

我是一匹野马
肆意地奔跑在空旷的草原上
玉带河是我饮水的地方
远在天边的山坡是我的家

中　秋　行

一张五十三块五的车票
行驶了一整夜

这一列车穿越了大地的心腹
从深夜到黎明
窗外渐渐明朗清晰
中秋,在运动中敲开心扉

列车内的温度好低
睡着时的我们冻醒很多次
裹着厚厚的外套
谁知道外界又是如何

我的歌声响了一夜
我的耳畔满是回忆
我的手脚麻木
坐立都不安
我睡不安稳 整夜都是

故乡的云清晨的薄雾
深秋时候熟透的红柿子

田野里的玉米还有芝麻
每年都差不多

天气凉了
长袖衫也挡不住的寒冷
家乡的树叶该泛黄
我青春的年华也早已死去

我回来了,你还好吗

邻　居

我想写一篇长诗
主人公是我不认识的她

她的一生消耗在家庭和儿女
如今她已离去
故事却远没有结束

方国最是记忆难圆

所有沉思所赋予的宁静
深夜时最为活跃
在旋律的背后
回忆如涌现的泉水

玫瑰花茶 茉莉花瓣
庭院的桂树开了几里的香味
红柿子 掉落的枣子
故都的孩子拿着长长的竹竿敲打

夏季最后残余的蝉声
归于尘土
发誓要在来年的夏天鸣叫
剩余的时日要用生命去歌唱

秋风萧瑟 吹落梧桐叶
校园的银杏叶铺满整条路
食堂的门口很多飘落的叶子
方圆几十里 就它们生死

我珍藏的红酒还没有开启

高脚杯和起瓶器在抽屉里
毛笔挂在书桌旁
宣纸躺在那里沉默不知道说什么
它们习惯了孤独和沉默
我一觉醒后还是记不起它们

日记小诗赠之

我的深夜里满带孤独
最长的诗句里暗藏着忧伤

故乡有我的一匹野马
红黑色相间的毛色
庭院后有一片草原
常常驰骋忘记回家的地方

窗台旁书桌上的笔墨纸砚
只能自己在冬季里用寒冰研墨
我的书童和侍女呢
精致的扇子 泼墨着山水
谁把它丢到竹林深处
破烂发黄

那年我高中

谁还记得那年跑的操
在大课间拿些书本拼命地奔跑
谁还记得那年老班跟着我们一起
最后把她甩在某个角落

我手里的拿着古诗词
喜欢文字的魅力和韵味
那时，眼里只有作业和高考
爱情浪漫都是奢侈过错

我奔跑 操场周围的居民楼房
肩膀所担负的数字太沉重
梦想在无法触及的远方
不拼命奔跑只能被现实冷漠

恨不得跑到窒息
同样想撕裂整个世界
所有课本给予的恐惧
我想完整地归还不留丝毫

朋友，在天边还好吗

让我痛不欲生的人
同样让我学会浴火重生
褪去残损的翅膀
赋予我重新飞翔的骄傲

我不愿如此终生

夜色逐渐笼罩这座城市
霓虹灯五彩缤纷闪烁着黑暗

我坐在最后一班回家的公交车的最后一排

犹如一粒尘埃飘浮在天地之间
枯黄的落叶凋败的花草
偌大的城市里道路阡陌交错
在那一瞬间我觉得我没有任何依靠

夜灯太璀璨闪耀我的双眼
梦太扑朔迷离混乱不堪
而我漂无定居的灵魂
从城市的一个角落到另一个角落

公园 高楼大厦
桂花香肆意
湖面微波粼粼
属于我的只是一班回家的车

繁华的街市喧嚣的商场

商品满目琳琅行人来往纷纷
平凡和渺小
我是这座城市的一颗螺丝
却又不堪命运

灵　　梦

深夜的孤独而不朽的灵魂
黑暗赋予我战胜光明的力量
微弱而又残损的身躯
为了拥抱大地破碎不已
歌声狂野思想也放荡不羁
在书桌前闪耀的灯光最终熄灭
梦想同黑暗一起沉沦大概深处
灵感化作灰烟你吹了一阵风
全世界的闪电雷鸣我无处躲藏
梦境里你也紧紧抓住我无法逃脱
最后看见山峰绿翠纵身一跃
从此相眠没有期限

死　　亡

骷髅 我的坟冢长满杂草
如今秋风萧瑟 吹落的白露
显得格外清凉
棺柩在土壤里慢慢腐坏
我的肉体被土壤侵蚀吞食
毛发，皮肤，指甲
在我死前穿的华丽新衣

我感受到魔鬼撕碎我的灵魂
尘世所有的牵挂都被消融
白骨 鲜血 面色枯槁
蛆虫蠕动钻进耳朵和脑髓里
我抓破自己的皮肤
一道道长长的指甲血印
犹如当年用铅笔描绘的彩色长线

刚　好

我不留恋人世
只念那午后多看我一眼的银杏

我的世界如此平淡
听不到你的问候和晚安
却在心里将你思念个遍

剪刀我撕裂的大地
铁锤我粉碎的尘埃
在遇见你的时候
毁灭破坏恢复得完整无缺

从南到北和从北到南
经过相同的地方相同的时间
却再没有相同的人坐我旁边

我听不到你的声音
黑夜同样嘶哑
那只是我的借口
毕竟我从来不会说话

我所有的等待
随秋雨一样
在清晨淋湿窗台
然后我关在屋子里
整天都是

夜 思 诗

我欲狂奔八百里,汗流浃背止不离
秋风萧瑟一夜雨,瀑布如洗
相见君时,绵绵情意
不胜却从此两对目,空白华满席
他年江南一别空,两袖趁风起
愁眉青黛锁明月,抵不过半夜相思
我欲飞渡千万山,翠林为裳云为衣
坟冢清清杂草生,冰雪寒凄
誓言如约,荡然无觅
唯见梅花点滴红,暗暗对天际
忽忆塞北佳人许,多少花残去
经卷史册述平生,春秋古人自为续

你 和 我

我的梦同你的梦一起交织
差一点我就可以与你相拥
而今我却只能流落街头
你的温情暖了四方
可是我却丝毫没有

我和我的姑娘

我是放荡不羁的少年
如风一般
奔跑在无尽的旷野
我是安静沉默的少年
如暮色的夕阳
被遗忘在隐匿的树林深处
悄无声息

只是我爱的姑娘偏是火一般
炽热的心燃烧尘世
我如风
引起更加激烈的故事
毁灭整个时空
只是我爱的姑娘偏是早晨的凉露
我见不到她内心的晶莹
在深夜将要消失的时候
幻想她的美
然后坠入新的梦境欢笑不已

噫 亭 兮

总有一天我会老去
住你家旁边做你的邻居
守着一幢空荡的房屋
院里的草没过膝盖没人打理

我曾在梦里娶过你
穿着你写在日记本里的嫁衣
我们有一双可爱的儿女
都有你清澈的眸子

总有一天我会老去
倚着朝向你家的门窗
暮色单薄
夕阳下回家的路布满星夜

我曾在梦里守过你
沉睡昏迷的样子让我惊心不已
我曾偷偷亲吻过你
舍不得就此千里

见你致死

我梦过世界的尽头
一片黑暗荒芜
我们如同飞舞的蝶
整个尘世同我们一起飞舞

我不怕生死
唯独怕见不到你
凡间的故事太多庸俗
和你相关的都神奇

在某个繁星的深夜
露水沾湿衣襟
我不要天荒地老
只要拥抱亲吻你

我曾梦过我们在睡梦里紧身相拥
我曾梦过荆棘厉刺扎进我的皮肤
从我的眼睛穿过 鲜血不止
只因为我看你太多眼 罪过不已

房　子

从城市的某条繁华路口
一个转身
便走向城市的边缘
我想我有一所房子
在铁路旁边
看着枕木和铁轨
两旁的树木长得杂乱
理应剪一剪

门口有一条小路
对面是一条河
弯弯曲曲的 不长不短
我的门窗只开一半
省得阳光刺眼
也省得灰尘满天
我的屋后有一个小池塘
午饭过后
拿出我的鱼竿
管他春夏秋冬
吊着我初春撒下的鱼苗

路旁有一棵柿子树
我喜欢秋天它们熟透的果实
我可能够不到最顶上的柿子
用竹棍敲打
凋落的柿子破碎
那就留着它们悬挂吧
如红灯笼又如深夜的星星
我的门前人烟稀少
它们是我的陪伴

听，你的海

水和天相接的地方
听作尽头
梦里出现很多次的天堂
叫作大海

浪花卷湿你的裤脚
而你沿着海岸拾捡掉落的彩色贝壳
新娘的白色婚纱裙
点亮你一生的期待

夜色的海翻滚
吐着白色泡沫，却还不止息
歌声燃烧黑夜
我驻足听海，满带伤哀

高高的灯塔璀璨明星
远处游子回家的方向
我将看到这片大地的第一缕朝阳
不掺杂任何你的存在

我，没有找到码头

没有船只和过往车辆
海里满是你的倒影
你的样子塞满我的世界

狼狈应亡

我害怕面对什么
我从来没有觉得我需要重新面对
我害怕拥有什么
我耳麦里的歌声掩盖世界

我感觉我不配得到你的问候
毕竟我曾低落到尘埃里
如今随风起舞

听到了吗
所有的话语都在扭曲地拍打自己

我需要收藏所有放荡不羁的心
最终同最初一样

是我还抱有不该存在的幻想
才让梦境无限缥缈
我没有故事
只能静止沉默不知何去从

迹　痕

我的言语遍布尘埃
回忆沾满酒味
孤独向来高傲
沉默显得生涩
我没有爱你的权利
由始及终

蜘蛛网残留尸骸
黑暗的角落遗失鲜血
别问我
我只是行走掺杂奔跑
河水上冻了吧
寒冷的清晨充盈凉意
院子里的桂花何时凋谢

我的诺言何时沉陷
天空会不会下雨
等待只是漫长的黑夜
红色的灯光 透明的高脚杯
我一遍一遍地亲吻
从头就是

明月如故

关了我的门窗
别让风雪透过轻纱
我的夜幕过于稀薄
来不及装饰
给你梦里的渴望

关了我的门窗
别让阳光洒在床褥
我的白昼过于浅显
来不及抚慰
岁月里你的哀伤

银杏飘落在书桌前
一笔一划写着日夜的念想
静悄悄的树林吹着寒风
你的外套太单薄手指冰凉

深夜透露星月的斑斓
我要剪下最后掺杂五彩夕阳
空旷的道路街灯微弱
你说今晚的弯月犹如浅色黄

书架打满思念的草稿
杂草长得茂盛伸出床头
木槿棉过于狂妄湮没田野
相思如夜漫长烛火此生明亮

你是我的女孩

即将枯萎的秋天的落叶
我跑遍田野寻找最后的凋谢
漫漫等待的凄冷的星夜
当湖水平静泛起的涟漪摇曳

你是百花丛的蝶
春天温软的风为你而来
翩翩起舞你跳动的裙
多一眼如鲜妍的盛开

你是我眼里的江南
柔情烟波遥望你的窗台
阳光洒满午后 它爬满青萝
门前河流动苍老的石阶

你是印着天空的海
触摸我的指尖亲吻你的脸
贝壳海螺拍打着沙滩
潮水抚平后留下的期待

你是我诗歌里的女孩

变换着穿的衣从黑夜走来
在欢笑中沉睡
掺杂着我勾勒的色彩

雾 笼 城

冬天的雾
被这座城市所遮掩
泛黄的银杏
掉落的梧桐

傍晚的路灯
映射的树木的影子
我的窗台泛白
雾气朦胧

初雪无痕

我向往江南的绿水温柔
又渴望塞北的鹅绒大雪

当寒冷显得恐慌的时候
我又无法忍受岁月漂泊
当大雪弥漫故都的老屋
内心如期待跳跃的小鹿

江南的雪 摇落无痕
爱你的人 静带孤深

以一生为期，与你相伴

一水江南 自然祥和
给你的祝福安静淡然 如静默的淡水画
从远及近 又从近及远
几千年的小城 如你的故事 温润静好

生活缺少一种古典的美
才变得浮躁不安 失去内心的真诚世界

窗台的碎花自你走后 如今长得怎么样
一起走过的路 踩下的脚印
犹记得冬天早晨 在你家楼下的叫喊声
陪伴是最深情的告白 时间是最美的祝福
我们怎么会一直年少呢
如凋零的四季避免不了改变自己的身躯

很远的你 千纸鹤所触及的地方
听说祝福能够穿过时空 从来不会畏惧尘世的刁难
忽地记起很多年前 有人送我一串串千纸鹤
挂在病房床头和卧室屋里
还有折叠的三百六十五颗星星
蕴含着快乐的每一天

以前有个姑娘送我一束百合
那象征着幸福美满
泛着淡雅的香 含苞待放
最后凋谢在衣柜的角落
但凡是美好祝福的含义 送你都不为过

如果你一定要问我
到底送你什么样的祝福
那祝福程度之深如浩瀚渺茫的星空 幽深邃远
时常我们无法言语自身的表达
只能以沉默想对

付出是最真诚的祝福
坚持是最动人的情感

惋　思

在黑夜渐渐到来
慢慢吞噬傍晚的宁静
罢了集的街道
人烟稀少

谁家门口挂了白布
去世的老人躺在冰棺里
面目依旧容颜如初
头上的孝帽
臂弯里的标示

戏子的哭泣
儿女对老人的缅怀
如果世事可以重新审视
珍惜最具有价值

将死才知生可贵
欲离方明守不易

那年柳色青青
春风四月

我点亮亲情的最后火焰
肃穆起敬
他的双眼紧闭

陌生人死去
我也愿意为他惋惜
母亲的脸颊如暮色的尘埃
双眸凝肿皮肤枯叶
她的选择我们沉默以对

后来啊
死去的人早已死去
化为灰烬
活着的人都在走向坟墓
由始至终

晚　　词

我的感情却如泛滥的洪水，
倾泻之遍野，覆广袤而无痕。
天地之唯苍渺兮，奈何岁月流转不尽人意。

记忆或深或浅，总不过，年岁催人老。
如今艳人容，何时皱纹满脸，如秋风寂寥。
漫漫征途人生，相遇相知甚少。
残花易谢，落雪总消。
深夜孤灯交筹杯，寒风意，睡梦安知晓？

故乡酒，谁陪饮，何故有心诉愁思？
半池水，半江河，门前翠柳今安之？

自我无眠时，长夜厮守，不必四季朝暮。
迷离眼，不复归路，哪曾道却清晨薄雾。

罢，罢，罢。
离别秋后凋零冬，初雪无痕，总有琉璃月。
相思疾苦，寒露凄凄，婉转成声不复在。

是 怪 我

是我与夜相爱得太深
是我床头的铅笔显得暗淡
也是我桌前的烟灰缸显得破烂

空白的素描本
折叠出爱你的每一颗心

怪我抓不住旋转木马
怪我赶不上摩天轮最后一班
也怪我停在恐怖城止步不前

风的痕迹眼角的沙
守护你唯一的我的城堡森严

我的家乡落满尘土

我的家乡落满尘土
每一粒沙砾都沾满泪珠
土地里的果实长满血液
蜗牛爬满我家的窗户

家乡的街市如蜂巢
不是没有空旷的天空
只是我的家乡落满尘土
每一片土地都长满泪珠

屋后的古树几千年
盛夏的繁叶不绝的声蝉
泛黄的木叶凋落沉静
只是我的家乡落满尘土

门前的小河长满杂草
脱光的孩子抓鱼虾
后来他们死在水里
因为我的家乡落满尘土

葬　我

将我埋葬在荒漠里
风沙是我的眼眸
将我埋葬在田野里
花草是我的手掌
将我埋葬在海洋里
鱼虾是我的嘴唇
将我埋葬在高山上
石土是我的臂膀

将我埋葬在你的心里吧
所有肉体化成骨灰
精神毁灭幻成泡影
最后消亡在你的眼睛里
清澈如初
犹似梦里你的微笑

小　街

乡镇的小街
总是拥挤地过不去人
路旁两边的小摊
杂七杂八的东西

晴天的时候熙熙攘攘
小孩子叫嚷着要吃路边的小吃
雨天的时候道路泥泞
车辆过后溅了一裤脚的泥

过节时候的鸡鸭鱼肉
还有超市门口推着小车的老年人
不远处的角落
举着插有冰糖葫芦的小柱子

繁华的背后掺带凄凉
下午的街道空旷无人
但是另一个新的日子
又是人潮拥挤

你 还 好

我始终无法牵你的手
始终无法亲吻你的脸
你可以给我想要的温柔
却给不了我渴望的安稳

没有街灯的树林充满幽深
鬼故事过于恐怖风带着呼声
如果我们不相约来生
不错过今世紧紧与你相拥

约定具有什么魔力
最终穿越黑夜战胜光明
见你一面后匆匆离去
爱你的时日天荒地老

欠　你

欠你巧克力和棒棒糖
欠你一年的问候和一辈子的好
难忘圣诞
你的明信片

或许我还记着图书馆与那个她
我也买了新的明信片
名字叫作爱你的三十种浪漫

别剪去你的长发
别脱掉你的素衣裙
别离开我那么早
别抱我的时候胡思乱想
别接吻的时候望着天空

欠你许久的问候
一直以时间为借口
扪心自问的理由
苍白无力显得软弱

一声祝你快乐

深夜不眠才静下心想你
深红的嘴唇
尖长的指甲
夜空星辉斑斓

提前祝圣诞节快乐
明白了和你聊天我的误解
欠你巧克力棒棒糖
我的错

路过无痕

陪我看南操场的星星
街灯的尽头是漆黑
小路交错周围长满树木
可是抬头光秃秃的枝桠

树林里面有没有住着幽灵
白天躲在屋子里听风声
深夜的时候出来觅食
看到我亲吻你时又羞怯地走开

就让我抱着你
听一听幽灵走路的声音
树枝被碰得生响

河流的水漫过小路
挺拔的松树黑黼的身影
长满藤蔓的长亭
写满思念的短亭

三月的樱花不死
六月的栀子淡雅

九月的雏菊热烈
十二月的腊梅怒放如你

你说我们走过了每一个角落
握住过每一棵草
没有留下足迹的道路
只在天边

思　君　赋

伴朝晨之清风，许夕暮之残霞。
昼夜思君兮，星月难眠；
四季念君兮，肴食难餐。
有佳人之于朔北，逢才子之于江南。
秋叶飘飘乎漫落尘世，
冬霜寒寒乎散存人间。
常忆君兮不安，故辞君兮不愿。
高楼巍巍之触天，低谷迷迷之如心。
梦见而难守，醒后不复言。
纵有千里之去君兮，何处明月之与君聚。
扬我峨峨之东山，立我冥冥之西途。
念忆君之朝暮尚死，何谓离君之三秋焉。
他方有长石可以相依，
我处唯短刃可以做伴。
思君赋兮亦念君，赋天地兮不抵君。

简　忆

让我数一数见你的时日
如同四季轮回的限期
倒计时的沙漏流露着光阴
一句你好
满蕴藏着人生的命数
如果三言两语就能认清楚你
那么千言万语也不会多余

我想回到过去重温一下
最初知道你的时候你的样子
可能于我而言你湮没于人海
最后又如大浪淘沙般闪耀你的名字

我的字迹你的书信
一段如天地般的日子夹带氤氲
薄雾蒙蒙
三月的早春樱花怒放
浅浅清新的空气
你的诗词盛开瑰丽
再回首时,黄昏细雨
冬天的江城落满尘埃带有鞋印

庆幸我记得这一天
不会过后痛心不已
愿你满带欢喜
尘世的痛苦与你远离
我没有过多的权利
但是如果可以
我还是愿意
将我平生的幸福分与你

贺词谨祝心

细雨纷纷点滴，总归愁绪思索。
千帆船，万里水，故乡明月旧人期。
饮却孤独万重酒，一梦起落。
舞我青铜剑，刃脆锋芒指犹寒。
歌我沉调曲，声撕音裂满坤乾。
混夜相思雾，空对弦，低吟浅唱闭目弹。
将君与夜共枕眠，休勿无恨满相连。
醉罢胜却天上人间，何顾尘世哀怨。

住在我的云彩里

住在我的云彩里
不要回头
风吹一吹舒爽
雨淋一淋清凉

住在我的云彩里
不要哭泣
太阳晒一晒温暖
月光照一照皎洁

亲爱的啊
住在我的云彩里
不要离开
清晨的白鹿
傍晚的斑鸠
摘一朵枝桠的梅
盛开一处寒冬

听不到晚安

听不到晚安
明天不会是一个晴天
下了一夜的阴雨连绵
听不到晚安
当朝阳升起洒在窗前
等待的心干涸的枯田
听不到晚安
深夜里无法彻底入眠
一觉醒后星月太灿烂

孤独至深引人沉醉
高楼清风星空璀璨
听不到你的早晚安
我的书页枯萎不堪

多一份期待
就如同黎明前的黑暗
你的晚安让我梦甘甜
少一份恐慌
犹如最险的万丈深渊
坠落后有山崖的安全

听不到你的晚安
日夜寝食难安
听一听你的声音
与我此生为伴

我 与 你

你在天涯海角
我的心为你飘摇
我的心在天涯海角
你为我飘摇

你在天涯海角
我的心为你飘摇
我的心为你飘摇
你在天涯海角

喜欢那个你

就这样
又是一年
等待开始新的梦境
我知道自己的渴望
就像从来没有忘却的故事一样
亲爱的自己
任何时候你都要记得
年少时期的坚持
去坚持
去成就自己
除了你自己再没有其他人能够

我喜欢那个你
承载着所有梦想的肩膀
我喜欢那个你
睡梦中也难以忘却的向往
我喜欢那个你
远远张望着的自己

爱你的四季

想到四季
我都能爱你
眼泪凝聚的回忆
浸入梦境的奇迹

想到春天
我可以爱你
牵你手听三月的清风
早春的樱花散发着烂漫
我在黑夜中振奋着
无法安睡
想到我可以爱你
百花开放全是你的身影
我的足迹印满青色的小草
荡漾的心都只跟随你

想到夏天
我可以爱你
星夜斑斓洒落银河的空旷
靠在我的肩膀
抚摸你的头

远处明亮的星
记载我亲吻你的第一次
就这样
看一看远方
也是我们默契许下的承诺

想到秋天
我可以爱你
银杏泛黄阴雨连绵的江南
思念的泪水如凋零的满天落叶
萧瑟肃杀长途跋涉回故乡的列车
圆月的时候
让我带你远离城市的喧嚣
拥抱黄昏的孤独
和深夜的肉体

想到冬天
我可以爱你
白雪洗刷窗边的污渍
过年的烟火响彻深夜的你我
厚厚的棉衣呼出的白气
行人稀少你记得牵紧我
看一夜的电影
你躺在我的枕边
赶上和你一起到未来的最早班车
点缀孤魂野鬼的恐吓
每一分秒都不能失去你

想到可以爱你的四季
我的心振奋不已

音乐不断徘徊响起
弥漫整个世界的相思
也显得不够深重
想到可以爱你的四季
我的每一处血液
都跟随你的意志

华夏茶书院

风太静 与你相遇过于悄然无息
散落乾坤的残梅
飘摇尘世的凉雪
在某个皎洁的月夜
编织出此生与你相遇的誓约

原色古木的桌椅
小小花瓶点缀眼角
躲得过窗外嘈杂
避不掉黑色书橱纷纷页扉

泡一杯香茗
氤氲色温 满含冰的泪水
闭目勾勒
历代传承的习俗
演化春秋等我的到来

平淡的白水
遇到干枯的茶叶
才有自己独特的气味沉迷
而我遇见你

我的世界才不至于苍白
漩涡飘浮的叶子
盛满时间和真诚之态

古琴丝弦贯古穿今
一根相思在古
一根相思在今
微风 静坐 琴声淡雅徘徊

挥毫泼墨
素描天地山水
竹排小舟 露珠青禾
每一阙诗词歌赋
每一卷经典书籍
如同画中的鲜艳盛开

镂空铜制香炉
缥缈缕缕上升的烟
掐不断的香丝
舞女飘动的裙裾
优雅姿态
如同跳跃的音符
弹奏的每一曲都掺杂不舍
弥漫 随意浮游
燃烧过后的尘灰香气不灭

遇见你
我生命中的一笔浓烈
相约十年再会
干燥的檀香学会沉静

我们可也会从远处奔来

度过华夏五千年的点滴
跨越九州八百里的四海
遇见你
阳光正好微风不躁
是一个多么美好的意外
陪你度过生命的四季
每一圈春夏秋冬的轮替
还如第一次相见时的情怀

沉默的上帝

是我剪去所有吵闹的语言
只剩下孤独的身影
最沉默的文字
渲染最繁华的都市

我内心所有的尘埃
布满岁月哀伤
问问发梢的故事
隐藏着的尽是风一般的惆怅

我割舍自己深久的牵挂
再也等待不到漫长的结局
都是句号
但是每一次相逢
都是新地开始

我是被阻拦的风雨
晴朗的天空肆虐秋波
胡言乱语
淹没整个世界
上帝说

你毁灭人类吧
丑陋和贪婪沾染大地
用血液去洗刷

莫名其妙地开始
又戛然而止
最细微的原因
也足以引发宇宙的爆炸
那一次
是我不小心打了喷嚏
造成了上帝最仇恨的人类到来人世

骆驼铃队

骆驼铃队 引着我
穿过荒漠
驮着茶叶和瓷器
我被贬到遥远的异乡
同我一起去的
还有无尽的死亡

清晨的露水
我干裂嘴唇的生命
润一润你的干涸的心
绿洲在很久的步徙之后
我的骆驼铃队
叮叮当当
牵挂着一并离去的
还有我难以忘怀的姑娘

我始终无法相拥
或许是我的喜爱太深
天边的星月都陷入嘲笑
我的骆驼铃队
长长的一串

串起满世界的流浪

今夜
我无法安眠
如果我无法看到曙光
那就让我破灭在沙粒的幻想之中
从开始到结束
我冰冷的脸颊
贴着大地的脚趾
呼吸着 难以割舍的哀伤

丢掉了的钥匙

我曾丢掉了我的钥匙
一把有着铜绿生了锈的古老钥匙
它被我锁在最隐秘的木匣子里
檀木的厚重外壳
落满灰尘
如同冬季大雪的午后
地面铺上松软的雪

我曾丢掉了我的钥匙
那是我生来便具有的神奇
父亲说那把钥匙是命运的奇迹
因为那把钥匙写着字
写着我看不懂的纹理
像原始的图腾
我丢掉了最贵重的宝贝

我曾丢掉了我的钥匙
是忘记在哪个角落
还是奔跑时遗落在黑夜
我记不得了
那一个木匣子

我只看过一次
在遇见我有生最爱的女人的时候

我曾丢掉了我的钥匙
在很久之后才发现
留着眼泪的木箱
拼命挤出了红色的血液
满屋子挂满骷髅
母亲生前的呻吟
怪我没有保管好那把钥匙

我曾丢掉了我的钥匙
每一个思念的夜晚
我感觉到月光吞噬我的钥匙
一截一截一段一段
镌刻流痕的印记
在某个梦里
我全部丢失从头到尾

我曾丢掉了我的钥匙
或许它去寻找
锁住它一辈子心扉的锁了吧
在老了以后快要死的时候
我还是怀念它
那把
我曾丢掉了的我的钥匙

灵　魂

夜间的风如哭泣的孩子
扰乱柳的长发
吹皱湖的皮肤

我拥抱你如拥抱我的灵魂
亲吻每一处途经的地方
漫步飘落 花瓣如掉下的眼泪

北方的河长满冰雪
南方的河滋润芳草

我拥抱你如拥抱我的灵魂
我的孩子在你的身体里生根
我像土壤 蚯蚓蠕动
露水和枯死的叶

一生有你

仿佛所有的雨都淋了我
所有人的眼睛盯着我

空白色的纸页写满荒芜
生机死亡 落下眼泪
嚷喊着要拥抱最后一份孤独
灵魂的影子学会独立
简单而又欣慰的笑

教堂的圣女
耶稣的十字架
一排排座位
船的汽笛映衬着浮飘
随便看看就是几十年

散　落

散落我手腕的珍珠
磨成碎粉如我的骨灰
扬撒在我们第一次见面的洋槐下
用笔墨也学不会盛开

点燃一千年的荒芜
野草也不再生长
任凭春风肆虐
枯萎萧瑟都化成尘埃

凄寒了桃花三月的美
难忘故事独留的悲
花瓣和春雨下了几个月
等待在期望中存在

戴着柳编帽子的姑娘

戴着柳编帽子的姑娘
你听一听我的情诗

将近四月的春风
山上的树林喝了酒
沉醉在你的怀里
脚步碾碎飘摇的落花
午后阳光慵懒沉睡
风筝肆无忌惮
总也飞不出你明媚的视线

戴着柳编帽子的姑娘
你听一听我的情诗

我把春风灌进衣服
顺手带了树林喝的酒瓶
踩在你的脚印上
落花学会起舞
我抓住你看到过的花瓣
风筝的天空挂在枝头
夕阳依傍湖边的草坪孤独沉思

戴着柳编帽子的姑娘
你听一听我的情诗
尝尝相思的酒
就算春风沉醉的一无是处
我也能牵你的手

马 鞍 图

尘世所有的景色都相似
如同风中的黄沙一样迷眼

如同发了疯
音乐的魔性打破黑夜的寂静
舞动的旋律
多一分相思 少一分孤单

没有夕阳的故事
天边的云彩晕染

途径山峰掉落的岩石
一晃 就是几千年的守候
当遗忘今生来生的誓约
前生世迷离的缘

年　日

一晃眼就是三百六十五天
人间四月的第一天
第一缕阳光
闯进我的窗子
隐掩着木门
我沉睡浸润在睡梦
哒哒的响声梦里的呼唤
敲醒时光昏迷的荒唐

旋转 前行
列车缓缓地拉着丝弦
铁轨枕木哐哐的声音
在汽笛长鸣后
像老者慢慢
慢慢地靠在站台歇息

故乡的云和初春的热
蒸发每一滴额头的汗珠
化作问候在转身的瞬间
落下飞舞

秦 淮 河

杨柳烟 撒在岸头的秦淮水
帘幕数 堆砌游船的风尘归
遥望你的窗台
隔江河的月
一首呜咽的歌曲唱到黎明到来
轻吻你 渐睡梦中的盛开
每一朵春坠落后的雨花
都是你晶莹的泪珠 沾满哀怨
千年古香 说给尘世的期待

我听你的故事
风雨里长满你的样子
分不清模糊的脸庞和声音的沉醉
长衣服饰 上辈子妩媚柔情
夕阳映射 此生世娇容犹在
看满城飘落南迁的金羽
做一把羽伞写满思念
你离去的身影过于匆匆
别没有来得及观看就荡成波纹
也或许 就那一瞬间
我们又是一生重新到来

雨　曲

灰蒙色的天空乌黑色的雨
是谁相思惊扰了天地
轰隆隆的雷鸣亮紫色的电
是谁哭泣引起了洪水

渴望奔跑的繁星明月
却被锁在窗前听雨徘徊
路上的行人丢失了伞
恐惧的姑娘尖叫害怕闪

春雨淅淅又沥沥
像缺了口的漏碗
倾洒上天的眼泪
狠了心淹没人间

我的姑娘白天太劳累
夜晚也要枕着雨声入眠
风轻抚的声音太轻巧
挂念的相思过于缠绵
可是　电闪雷鸣太嘈杂
怕她做了噩梦惊醒恍惚

春雨啊春雨
你下得太绵绵
带着我的守候
在她睡的窗前
如果月亮还不在
你就陪她一起安眠

缠　绵

穿越整夜整夜的思念
品尝最苦涩的巧克力
最后沉醉了说不上的味道

搅拌困意却强忍着不睡
说过星月都会流泪的少年
一首歌循环一次睡眠的长短

银杏来着孤独的深绿色枝叶
每棵青草都恨不得逃离土地
问一问是太深情的陪伴长满牵绊

旧时不好意思搂住少年腰的姑娘
红着脸亲吻姑娘嘴唇的少年
两颗心扑通扑通跳到清晨也没有静安

爬山虎装饰墙壁掺带绿意
红玫瑰带刺却依旧开得娇艳
想到冬季的冰雪就变得无比缠绵

不 如 你

夕阳的天，如沉醉的酒，看一看就微醺；
四季的春，如柔绵的风，吹一吹就轻迷。
我说夕阳和春，都不抵你的笑。

为你流下泪

我不自觉为你流下泪
每一颗泪珠闪耀你的光辉

从清晨越过山脉的那一日光
从透过山脉吹来的那一缕风
从我和你相遇的那一夜
直到我与你吻别
到我生命结束的时刻

我不自觉为你流下泪
男儿的泪水划过你的身躯
我脚下的每一寸土地
都是你几千年的沉淀

以为那只是生命的一次缘结
以为那只是普通的一次相遇

当一群人撑起一片天地
泪水顺着脸颊将感动换取
我曾抚摸历史中你的重任
用我的双手和肩膀一起承担

我不自觉为你流下泪
每一颗泪珠都是真诚的希望
抿一抿嘴看你的微笑
映衬着书院的花草石头
收藏你给予的珍贵
不知不觉为你流下每一颗诚恳的眼泪

昆明，等你的春城

昆明，一座等待你的春城
四季轮回的温暖
牵手拥抱 在樱花下接吻
可我不一定那么幸运
就算是想紧紧握住你

可是现实中有狂风
有不可逾越的梦
纵使我努力地奔跑
也很难与你相拥

一场雨和醒后的晴
夏季时候你的美在心头
荡漾的春色飘浮的柳
你的微笑是一杯酒
我想 好好看看你的脸
就算离别后
也能深深地铭记不会忘却
想念时问问记忆最深处的你

昆明，一座等你的春城

如果有那么一天
我可以挽着你
走遍街头的每个角落
趁着没人的转弯
突如其来地吻你

声　音

吹起吹落
每一朵花盛开后的飘摇
飞舞跌倒
化作泥土和消失在风中

焦热急躁
夏季午后沉睡的逍遥
可爱的人
非要一个吻才能好梦

都说深夜最安静
我却听到了心跳
从想起你到想起我们
紧张的心弦不断地跳动 跳动

你说那是什么声音
一句爱你
和愿意陪伴的一生

亏欠的盛开

我不曾亏欠
每一朵花的盛开
不曾忘却
每一朵花盛开后的凋谢

趁最美的季节
肆虐地拥抱时光后的残缺
完整的骨朵
在枯萎前把一整颗心撕裂

我不曾亏欠
每一朵花的盛开
不曾忘却
每一朵花辉煌的存在

旧的时光旧的人
就算开遍山野
也来不及拥抱一生的挚爱
我不曾做错什么
可却要承担春的离别花的凋谢

我不曾亏欠
每一朵花的盛开
可能是
不小心错过
自己完美的到来

远在故乡的麦子

遥望远在故乡的麦子
那是五月土地结出的果实
和爱情不一样的
泥土不会骗人
慢慢生长出的 只需要等候

遥望远在故乡的的麦子
那是穿越很多河流后肥沃的田野
黄昏时候 拥抱最爱的人
然而夕阳却不能多一秒停留

空气泛滥金黄色的香味
那是当年掉落的麦穗
遥望远在故乡的麦子
随风的热浪 因为迟到打了折扣

我想,故乡的麦子
与翻滚的河水一样
在蜿蜒许久以后
总会到约定的地方才满足

土地的儿子

我是土地的儿子
生长出来带着尘沙
死亡归去带着沙尘

土地里长出的果实是我的兄弟
土壤下虫子的蠕动
和树木根须的缠绕
我是土地的儿子
吮吸空气中的灰烬
燃烧的气味

长出整个自然的土地
雨水和植物
都仰仗土地的奉献
而我是土地的儿子
我是她的延续
她是我的开始

五月的麦子
田野上扬的热浪 翻滚涌动

我是土地的儿子
烟尘塑造我的身躯
没有钢筋水泥
土地母亲不曾教我坚硬
只告诉说
柔软是一切的基础

夏日与姑娘

阳光 清秀
开在初水的芙蓉
白色 短裙
夏季凉爽的温度

如莲的怒放
微风也要飞扬
午后的小湖
泛着荷花的模样
一个灿烂的季节
怎么都不死亡

沸腾 这江南的水乡
流露 满苍穹的热泪
为什么这般滚烫
如赤日的抚摸
为什么这般冰凉
如最爱的姑娘

夏

时光都哪去了
掉落的墙壁如同红色的古漆
然而我始终来不及细看
长满记忆荒芜的梦境
愿醒后便带光环
我不曾忘却
太阳下每一片孤独的身影
重新生长
那死亡后声音的呼喊
白骨和骷髅
任何时候都化作烟雾
都是沉寂
夏季午后的鸣蝉
这夏季的夜月
将我一同埋葬

寻　找

因为缺少了感触和回忆
以及深夜时候的痛苦
梦境时分的孤独
我丢失了最真诚珍贵的东西
我一生的牵挂
和最后的期盼之情

一起死去吧

等到花开遍野的时候埋葬了我
土地生出我的肉躯
永恒的肉体要承受神的惩罚
瘦小的指甲抠不掉墙上的剥落
就让我死去吧
孤独地死去

少年的书桌

那个阳光下的少年
斑驳陆离洒落青春的颜色
这一片江南的水乡
没有你遇到的漫长小巷
却让你碰到了撑着油纸伞的姑娘
一首诗,害人真是不浅
就是那样的一个向往
决定了余生的全部时光

如今你在做什么
烟雨的故事灰蒙蒙的,令人作呕
书扉页的思念也快要发霉
都要离去了
或者说都即将死亡
再美的充满活力都经受不住
岁月的折磨
就如同书桌角落的灰尘
擦了也还会脏

故事温柔

大概我一生也没有你的经历
世事沧桑却同样破荒
难以复制的现实一瞬间转变

离开,到来
变幻了说不出的言语
枯萎的百合
凋谢的玫瑰
满园的春色修剪枝椏

大概我一生也没有你的经历
过程坎坷却同样波折
相似的等待都是死亡的孤独

遇见,错过
每一场都是上帝安排的
打动我的是你的裙裾
也恰是我日夜思念
无法控制着的

天　空

就放荡到死亡吧
反正都是死亡
和死亡对衬着天空的悲痛

七月，我的故事

七月，你的歌声是蝉鸣
深夜那高大树木遮掩的明月
我来不及照地面的雨水
只能披着夜的轻纱

来不及说再见
池塘边的蛙叫雨中的欢呼
听说，每一片落叶都写满思念
一千里之外，你的笔墨

朝向你所在地方的圣殿
祈祷和叩首
神灵沉睡时脚趾的方向
可我怎么都到达不了

夜幕后，魔鬼的火焰
燃烧得更好
苦寒的孩子走向地狱
被埋在更深的土地下